Fonte Dutch Papel Pólen Bold 90 g/m² Impressão Infinity Tiragem 200 exemplares

www.laranjaoriginal.com.br

Edição
Filipe Moreau

Projeto gráfico
Marcelo Girard

Produção executiva
Bruna Lima

Dados Internacionais de Catalogação na Publicação (CIP)
(Câmara Brasileira do Livro, SP, Brasil)

Ralston, Tânia
A imensidão no furo da palavra : poemas /
Tânia Ralston ; [ilustração da autora] ;
leituras gráficas Marcelo Girard. – 1. ed. –
São Paulo : Editora Laranja Original, 2025.

ISBN 978-65-5312-001-3

1. Poesia brasileira I. Girard, Marcelo.
II. Título.

25-261062 CDD-B869.1

Índices para catálogo sistemático:
1. Poesia : Literatura brasileira B869.1
Aline Graziele Benitez - Bibliotecária - CRB-1/3129

Laranja Original Editora e Produtora Eireli
Rua Isabel de Castela, 126
05445-010 São Paulo SP
contato@laranjaoriginal.com.br

O PARTO

Porque a lua, que se estendia pela sala
e arrancava sombras dos móveis,
puxou o ventre para que o chão inundasse
Arrancada a fruta e a mulher
rastejava como cobra a enrolar-se pelo tronco do homem-pai,
pelo sangue, pelos líquidos se contorcia
gemia e chorava o seu choro,
aquele mais escondido entre as camadas da pele
desconhecido, porém que no som se encontra
por inteiros o rosto e as palavras
Animalesca, grotesca, mas extremamente verdadeira
— não por escolha, mas porque só assim era,
mas o que era senão essência, era bicho —
E o bicho sentia antes a abertura, o corpo a dividir-se
Depois o fogo e o mundo por dentro
Largou-se e em um urro desprendeu de si seu corpo preferido
O choro de dor da mãe, o choro que ecoava do ventre
E veio ao mundo de olhos abertos a primeira criatura

Credos

Para tia Liane

Sentadas à mesa, eu pergunto
Deus?
Ela me diz: não sei
Depois conversamos sobre as estrelas
E Chaplin
E pedras e plantas

E era tudo muito mais bonito

SSÃO

O sopro de vida de um desejo que paira
Hoje eu joguei e por isso sonhei e por isso fiquei quieta
Quando os gritos não cessavam eu fiquei quieta
E sim eu fiquei quieta porque aquele presente não era o meu
E tudo que eu realmente queria era escrever um poema
E não esperar uma moeda, uma hora, uma nova neurose
De espera de queda — eu não vou cair agora que não sou poeta —
Mas sim sei que está lendo esse poema e pensando que escrevi um poema
Mas não não não era o meu poema — aquele poema que queria escrever
Porque não escrevo mais nada apenas jogo moedas

CONF

Tenho perdido muitos poemas
— ou esperado com versos soltos e esquecidos —
0s sentimentos vêm e vão, a vida se forma — agora
Parece que deixei meu ser poeta ao abrir a porta
Dessa casa, desse quarto, dessa cama
Imploro aos dias para que demorem, não passem
Não sou mais pedinte, sou neurótica das horas
Das moedas que giram e paralisam antes de cair no poço
As moedas não irão naufragar e serão resgatadas por sereias
E seus cantos musas para o desejo de escrever um poema
Não, as moedas não caem, elas plainam e seguram

SOLIDÃO

Que belíssima coisa
Escutar *Tracy Chapman*
Mexer os ombros
Agora os quadris
Ombros
Quadris
juntos
People say
Love is hate
Mas nós
Eu, esse espelho
Estamos livres

Passagem

Fim da tarde, as folhas se seduzem
Os pios são outros
As cores se despedem, mais um dia
A noite escura tem mais vida
Mas pouco se vê, tudo se escuta
Um curiango no meio do caminho
As luzes se apagam
Eu durmo
Às cinco da manhã, o leite jorra

Tubarões da Groenlândia
Corpos gigantes ao fundo, na escuridão
Olhos mortos, seres vivos eternos
Não espero que você entenda
Tenho esperança de que você não compreenda
Ou espero que lhe seja alheio o pensar
Sobre as bactérias dos tubarões da Groenlândia
E que cedo os deixam cegos ao fundo,
na imensidão

Cena de um videocassete de 96

Um grupo de crianças dança em pares
Os braços se levantam e abaixam desajeitados
Pés se sobrepõem uns aos outros
Riem
Entre todas, eu
Dentre todas, a que mais quer chamar atenção
Peço para que dancem comigo
Com o dedo indicador cutuco um
Outro e outro
Uma prima mais velha me levanta e dança comigo
Com ela, meus pés não tocam o chão
O movimento não é meu, sou inerte
Meu corpo balança por muitos lados
Minha boca ocupa tudo menos o buraco banguela
A música termina
Me deixa no chão com meus pés bambos
Tortos

ardem as mãos
a boca do cavalo puxa forte
sangra até, então largo
o cavalo retira o milho da terra
mãos firmes
terra seca, terra viva, terra rota
— Se largar a rédea, o cavalo volta sempre ao mesmo lugar —

Rotos

O cavalo arranca os passos
e, hoje, não hei de chorar
os passos são largos e vão a algum lugar
meu rosto afunda
a paisagem; milharal seco e amarelo
garças sobrevoam juntas
sob a palha, os passos arrastados
— os meus dias —
força das pernas e cascos que me carregam
inertes e continuamos
lentos, a terra frouxa empoeira
levanta-se em grãos e flutua
sobrevoa o bem-te-vi na cerca e nos deixa
um ruído ao fundo de cigarras determina
o amarelo dourado da luz
os pernilongos em nossas pernas
o zumbido frio das folhas
as folhas cheiram a secura de nossas bocas
quietos
inertes continuamos
mas movimentos bruscos

Paro: pombas anatomicamente são belas
A postura vertical do início e final do voo
Os desenhos de anjos voando e os de pombas, assemelham-se
Anjos sem palavras, são cinzas
Como estas pantaneiras a cruzar tantos quilômetros
Sem vida

Lembro da vida em mim, toco meu ventre, pulsa
Deito-me de costas, pernas cinzas e machucadas para cima
A ave se despende até outra parte da casa
Volta a arrulhar, arrepio em um ódio
Agora, sincera, não a ela, mas a essa cidade
Se não fossem as cidades, pombas seriam belos pássaros
assim como as rolinhas nos campos, que são pombas
mas não ousaria chamá-las assim
porque quando as vejo não penso nas cinzentas queimadas
penso nos campos, sinto tudo germinar
meu filho mais uma vez me toca e sorrio

— mas essa pomba suja na sacada do quarto dos hóspedes —
— ignore —
— cada vez há mais pombas, mais fezes na sacada —
— ignore, seu filho bate à porta —

Na alvorada, o cinza

Na alvorada, a pomba

Alvorada lá no morro, que beleza
Ninguém chora, não há tristeza
Ninguém sente dissabor
O sol colorindo é tão lindo, é tão lindo
E a natureza sorrindo, tingindo, tingindo

"Alvorada", Cartola

E o outro pai era uma pomba estúpida,
A única pomba feia do mundo
Porque não era do mundo nem era pomba.

"Num meio-dia de fim
de Primavera", Alberto Caeiro

Pelo chão da varanda, pedaços do Pantanal cinzento em chamas
Em meu corpo, pequenos chutes, braçadas e vida
Passo meu pé por cima das cinzas; as árvores
Os troncos cascudos em forquilhas com suas pequenas folhas
O azulejo acinzenta, cinza é sombra de tempo e espaço
dentro deste, toda a liberdade do tornar-se verde
mas na aridez desse piso, apenas acinzenta
tudo se perde naquele pó, naquele vestígio
busco através de meus pés nutrir-me como uma árvore
deixar que as cinzas cheguem ao meu filho que se forma
Completar o ciclo do fogo
Mas, de repente, uma pomba se empoleira
barulho estúpido
cruuu cruuuu
humanizo ao extremo, grito e bato palmas, hostil
mostro os dentes, corro atrás, tropeço, caio de joelhos em reverência

1mm

Infinitas estrelas sobre mim

E, em mim, dois bateres cardíacos

Harmônicos em tocares diferentes

Respiro e o corpo mínimo se forma

Nele todas as vertentes do mundo

Tudo é novo numa vida que ainda

É só coração

Placas tectônicas

A rachadura na taça de cristal: lembrete de um acontecimento inevitável
Talvez algo como a expansão territorial do próprio vinho
Ou a impossibilidade do gole pelos cacos
Destruição do copo cheio através da sapiência e medo
Em breve vazio, em breve nada
Ocupará o espaço como uma nota aguda e grave
Um fim e um começo e um fim pequeno
Conto sobre a rachadura com temor porque ontem mesmo
Minha avó lamentou as costelas quebradas
Meu pai as costas
Minha mãe as vértebras
Os anos se passam e em dez dias faço anos
Começo a ver a trinca
Da porta se abre e se fecha em outra velocidade que se abre
Meus passos não acompanham as palavras que digo
Tudo se racha

Uma árvore grande paira sobre minha casa de madeira
ela sabe sobre as janelas, as vigas e as portas
ruge ao vento e estremeço
à frente um espelho e sou eu rasgada por tropas
os lábios infestados, os lábios mudos
a casa está vazia, os cômodos praguejam o jardim
sombreado pela árvore desconstruída
minha casa paira sobre um grande cupinzeiro
alimentam-se das janelas, das vigas e das portas
tiquetacam pelas paredes e estremeço
à frente um espelho e sou eu rasgada por tropas
os lábios dilacerados, os lábios mudos
a casa está cheia, o assoalho pragueja o solo
o solo é fome, o solo engole
a grande árvore, a casa, os cupins
à frente um espelho e sou eu rasgada por tropas
os lábios cortados ao meio, da pélvis à boca
buraco

Terra

Deus: além do Nada

No início estava o mar
E Deus era o verbo
O mar e o verbo
As gaivotas pairam ao vento
O cinza espaço e o tempo
Ondas e tempestades
Meu corpo turbulento
Dentro, um outro início

ANTES

Antes do limbo, os anjos que não tomaram partido
perante a vida e Deus e o Demônio
— diversas línguas, ásperas loquelas, palavras de dor —
Souberam esses palavras dos homens para que sofressem
E lá sofrem, deixaram a esperança mesmo antes de entrar pelos portões
Não são nada porque não tiveram opinião
Só dor e picadas
E mesmo quando Dante, logo de início, diz:
'Eu não Eneias, eu não Paulo sou;
Nem eu nem outros veem-me digno ao fim'
Sabe ele que é além dos anjos que não escolheram antes palavras
Que das palavras só souberam a dor
Porque o mínimo é a disputa de onde errou e a quem se aproximou mais
Deus ou o Diabo
Dante desde novo soube
Mesmo que nada, mesmo que cem mil cérebros em sonhos gênios
Que por conta de partidos e palavras, ultrapassou parte dos anjos
E nele nada e percurso, vida

Significados

É a vida, seria o que me diriam se eu perguntasse
E eu soltaria: só vim ver o jardim, e seria uma mentira
Quando se vê o jardim, pisa-se no gramado,
os pés coçam levemente e umidificam
o pólen movimenta o nariz e lagrimeja os olhos
os pios não dizem nada e emocionam por isso mesmo
Sim, eu não vim aqui para ver o jardim
Sei que não, porque não desfruto sem signos
Passeio perdida e pisoteio a terra infértil
Quando há música, torço por palavras
porque sei que delas, não sairão anjos
Será tudo gente a entortar alfinetes
cavoucar e se enterrar gradativamente
nascem? Depois de se enterrar, não.
Nascem antes de ver o jardim
E por isso mesmo, posso afirmar que não vieram para isso
— assim como eu —
Vieram por palavras
Para ser gente

Maracatu

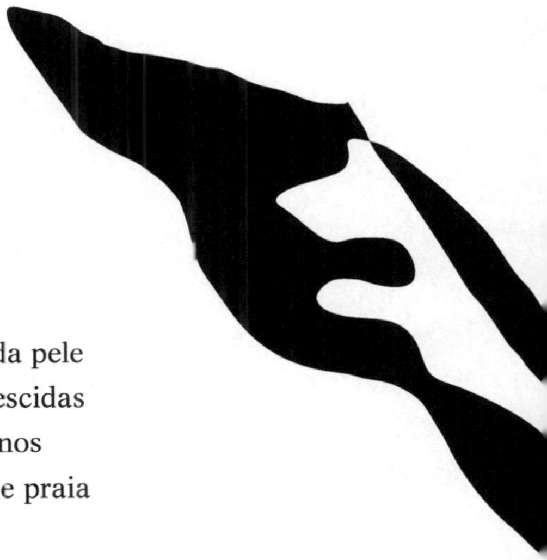

Peço licença o rei chegou,
Existir é permear pelas camadas da pele
As marés das células, subidas e descidas
O golpe dos mergulhos dos pelicanos
O resto do peixe cheiro de resto de praia
A onda recomeça
Desconstruir-se aos sons de batidas toque cantos
Apitos rodopios
Adeus adeus eu vou
Poeira pés
O peito vibra
Silêncio
Ali vi que se pertencia
Agradeço ao tambor
Peço licença

Eu vou caminhar nas ondas do mar

Paisagem carioca

As ondas arrancam
a areia cavoucada pelos meus pés
afundam sutilmente meu corpo à Terra
Ereta permaneço espectadora do vai-e-vem
Em lençóis fosse eu um barco a vela
deixasse meu corpo flutuar entre ar e água
— como ontem —
Mas hoje ereta permaneço espectadora e permito
a cavalgada dos meus olhos
Os morros arredondam o horizonte
num bocejo
Meus pelos se inclinam à medida que a brisa esfria
Pulso quente, a vida me quer.

Após Kabir / Potência tecelã

Podem ungir linha a linha
as ondas
e assim o fazem
estraçalho a vida como Kabir
estraçalha o tear
porque cria no divino
eu creio na vida e nela somente
e nos teares
e nas ondas
acima de tudo nas ondas
linha a linha na praia
sinais de tessitura divina
as fibras vendadas

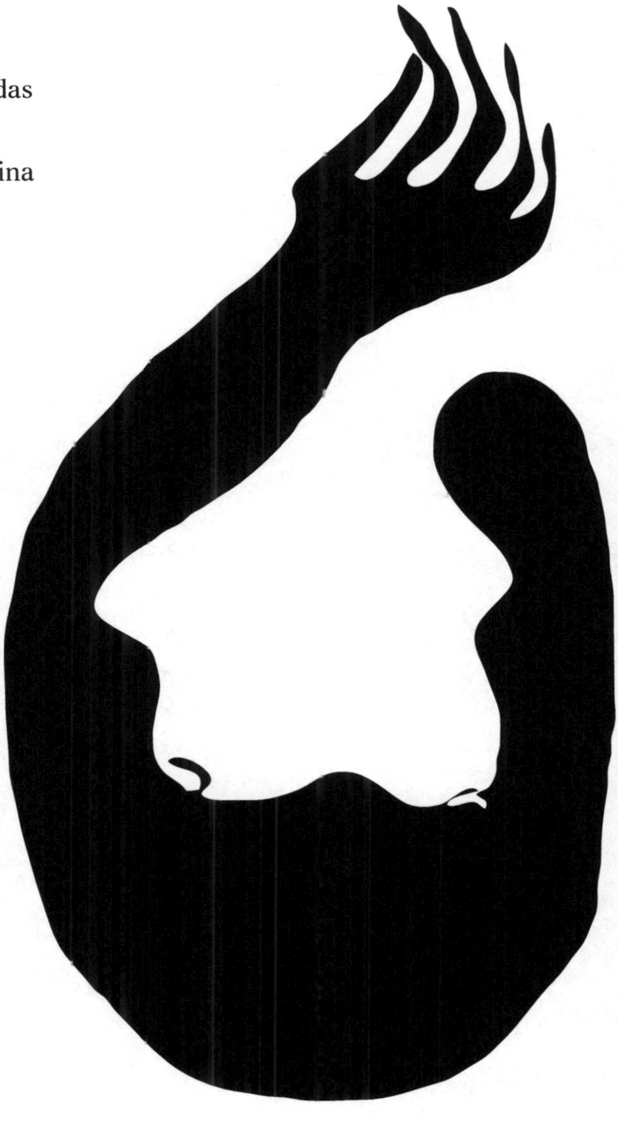

Anjos são bebês antes de sentirem e esboçarem com precisão palavras
Anjos são aqueles que enterramos e prescrevem quem agora somos
Anjos são inatingíveis na nossa carne empática porque ainda não a sentem
Ou não mais
Continuamos porque um dia antes de nos denominarmos anjos éramos, e algum dia com desaparecimento contínuo, seremos
Até que sejamos mais pó que gente, mais nome numa árvore do que pessoa
Quem era? — uma frase denomina, aquela que. Que ainda não sei
O que sobra de tantos dias?
Não pari ainda, talvez esteja grávida, talvez não
Se meus livros desaparecerem sumirei antes que meu nome
Antes que a casa de meus pais
Antes

Quando fiz três anos pensei: "jamais serei feliz como quando tinha dois, agora compreendo"
O que compreendi não sei, mas essa é uma das memórias mais vívidas que tenho
Como a que quando tinha dois e meio e me disseram que amor não era gratuito
Se eu fizesse aquele tanto de birra, ninguém gostaria de mim
Talvez tenha sido aí que das palavras criaram pontas precisas, todo ao redor perdeu seu nome
E houve a queda

ANJOS

Silêncio
Minhas unhas se movimentam pelo travesseiro
Os dedos como em água
A mão amassada pelo peso da cabeça
A cabeça viaja por um lugar escuro
Contorce o grito como uma toalha
Pingam imagens em suor e sangue
Frescas, o tom cítrico das laranjas
Em uma tigela de cerâmica com uma pequena rachadura
As laranjas na sala amadurecem
Quietas, sempre no mesmo lugar
As madeiras da casa se movem
Encontram-se e se desencontram
Meu bater cardíaco
Um medo à toa do barulho do filhote de morcego
Eu, sozinha, 3 metros abaixo
Exatamente abaixo, fecho os olhos
O grito

Shiu,

É noite e tenho um grito preso
A música convence os fiéis em sua crença
O que vem de dentro, tão puro
Mesmo o grito, mas ele enrouquece
Agrava os tons como o assobio dos bambus
Espera-se o fino, mas há qualquer entalada ou morta
Releve, no agudo não há palavras audíveis
Meu grito é na forma que reconheço
Em português com palavras claras
Só que não iremos escutá-lo
Como sabem, está preso, vamos escutar outro som
No sótão, um filhote de morcego roga a mãe
E se arrasta devagar, devagar, a mãe
Sua boca com sumo doce das laranjas da sala
Seus seios repletos, leite, tão rico, tão puro
As gotas grossas, a barriga enche

A primeira palavra do homem foi “ah”, “oh” ou somente um gemido
Os anjos riram
Com os primeiros gritos do ser, os anjos aprenderam a dizer:
Sol, noite, frio, beleza e solidão
O homem corria, os anjos pensaram: liberdade
O homem caiu, o homem sangrou
Os anjos compreenderam

Als das Kind Kind war

a Wim Wenders

Quando a filha filha era

Meus olhos em seus anéis naufragam

Soubera eu antes que o céu estava quebrado
Antes que falasse com os anjos
Antes que quisessem lhe levar
Vejo você neste leito fino e mecânico
Minutos horas dias

Mãe, você se alegrou por quantos dias depois que eu deixei de ser seu corpo?
Está tudo valendo a pena?
Mãe, quero voltar a ser seu corpo

(Entro no carro, na estrada os insetos deixam seu corpo e seiva no vidro
Volto ao que foi dito)

Estou cansada, se vê pelas espinhas, olheiras e herpes
Outra vez esta rotina de hospital
Você não chora, mas seus olhos encharcam
Hoje, não consegue me responder porque o ar lhe falta
O painel: tum.tiii.tum.tiii.tum.tiii

— Constância é reconfortante
O alívio real são dias sem dores, não dopados, contudo, aqueles tranquilos
que se ri sutilmente duas vezes
Não de mais, mas significando —

Seguro sua mão, temperatura correta

Escuta, mãe, se eu lhe abraçar bem forte, seu corpo vira meu corpo desta vez

Ao lado deste bezerro morto pela seca,
as pessoas ainda se casam e filhos
ainda choram em palavras em folhas em sons,
o ar que perpetua a virilidade, as virilhas que pulsam e tremem
os partos a galope através da penumbra das matas
brotam cidades, preces e acima de tudo a fé
Ao lado deste fiapo de filho, jorra da mama um rio

B
a
b
e
l

Deus chamou as palavras de anjos
E nós chamamos os anjos de palavras
Deus de palavra
E de palavra, palavra
Aos signos, liberdade
Por assim, tanta, que não chamamos mais nada
Ninguém
Ninguém é palavra
Nada é palavra
Os significados livres, os signos esvoaçantes
Deus chama as palavras de anjos

As muitas galinhas entram na casa
Piam piam e piam
As pombas se assustam
O espaço das pessoas se fecha
O calor escaldante, os pios
As pombas começam a voar e se debatem pelas tábuas
Seus bicos ultrapassam em liberdade, mas seus olhos são atropelados
Uma das muitas galinhas bate sua asa e bica uma pomba
E bica e bica
Galinhas se levantam e bicam e bicam e bicam
Sangue e pios, pombas
E bicam e bicam e bicam
O sol no buraco das galinhas, uma pomba única ultrapassa
Espírito santo, a pomba, bate suas asas
O céu, a terra dura, a terra ciscada
Mas a asa que voa, mas a liberdade fora do alambrado
A galinha mais velha a sustenta no chão
Seu bico na asa da pomba, âncora
Os pintinhos observam, aproximam-se
E ciscam e ciscam e ciscam

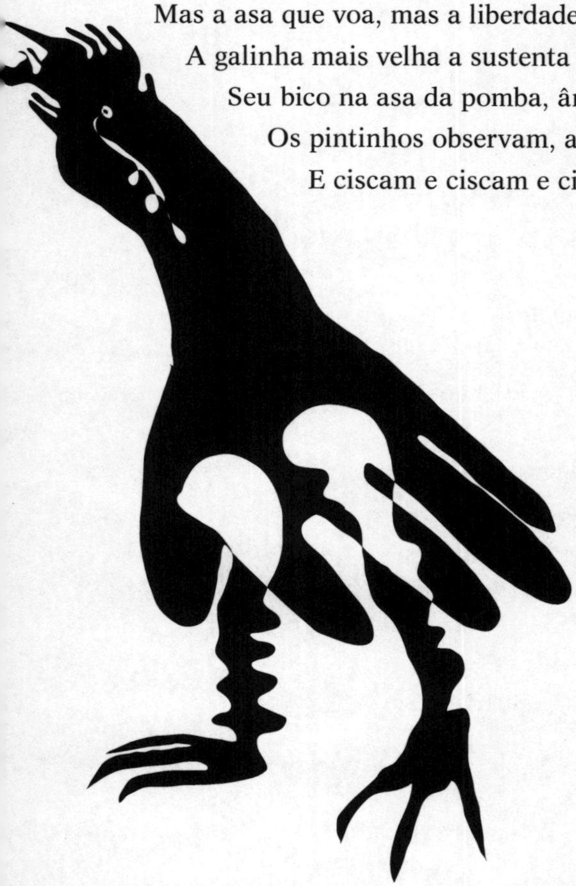

No galinheiro

As galinhas ciscam a terra
Terra dura, terra seca
Os brotos nascem, as galinhas ciscam
O bebedouro enche por gotas infinitas
Pingam, pingam, pingam
Os pingos, os pios, os cantos das horas do galo
O galo vistoria as galinhas e as cobre de sêmen
Alguns ovos chocos, outros tantos não, são ovos serão ovos
Pequenos pintinhos ciscam uniformes e seguem
As galinhas, as galinhas, as galinhas ciscam
Uma galinha, tão galinha, mexe as asas e atropela o cercado
O galinheiro é alambrado com buracos
As cabeças das galinhas afundam em liberdade nos buracos
O corpo permanece onde ciscam
Os ovos são resguardados em uma pequena casa
Fechada por tábuas distantes em centímetros
Uma da outra sem toque
Seguradas por vigas e teto
Um espaço para entrarem, um espaço para pessoas e saídas de ovos
Espaços, o galinheiro das muitas galinhas e um galo
Quatro pombas voam ao redor
Os olhos da galinha mais velha as seguem
Pousam em árvores, cheias de broto, alcançam o céu
Ciscam outras terras, fazem seus ninhos de ovos chocos
Sempre chocos, com mirrados filhotes que seguem sempre suas mães
As pulgas das galinhas são as mesmas pulgas das pombas
O sangue não é igual, mas é mesmo sangue
Sol escaldante, o teto das galinhas
As quatro pombas abaixam o voo e entram no espaço das pessoas
Pousam nas vigas
A galinha mais velha pia e pia alto

Socorro

Volto ao mesmo degrau de ontem
Ainda-sobe-ainda-desce
Me encontro nele
E, reparem, a janela ainda-abre-ainda-fecha
A rua começa e acaba no mesmo lugar e inversamente
Desencontro em muitos lugares e mesmos
Vou lhe escrever um pedido de resgate sem endereço
Ainda estou aqui, aqui e aqui

Vivência

A pata da aranha esquecida no encontro de paredes

E meus olhos que caem a cada dia pelo excesso de flacidez

Pensei na jararaca que se escondeu no buraco que cruza a árvore em frente à casa

Não a resgatei ou a assassinei, apenas por quinze minutos cutuquei um bambu em vão pelas raízes

Ontem também o excesso de vinho e jantar e cartas de baralho

Talvez os dias estejam passando e sou eu perdida por incapacidade de ver

Ou seja, perdida como todos os seres pelo foco imperceptível que nosso corpo necessita para viver

Viver e morrer, um ou outro, por mais tempo o outro, alívio

Nisto digo que nesta noite quando sonhei com zumbis havia uma tecnologia da Amazon para impedir que fechássemos a boca

Quantas moscas não andariam por nós

Dizem que em média um ser humano come 8 — talvez 10 — aranhas enquanto dorme

A perna de aranha no encontro é mais viva que as aranhas que nos alimentam sem sabermos

Apenas aprofundam-se no hiato de nossas falas, do nosso foco de viver

As aranhas pelo nosso rosto, boca, estômago

Gostaria mesmo de saber se são boas para os olhos

Talvez agora, pensando nisso reflito que não lhe compreendi antes

Que se a dor é a primeira sensação

Deus é o conceito que traz essa medida

Mas talvez a dor tenha surgido antes mesmo de Deus

E dela, o verbo e o Universo surgiram

Porque Deus é masculino e dor é feminina

Devaneio

Não, Deus não é dor, Deus é um ditado

permanente que está em tudo e que uma vez que se escuta

Jamais estará livre

E que o sonho morreu quando Deus nasceu

E se matarmos Deus, os sonhos vivem

Acima de tudo, ser Tânia e crer em mim

Nessa vida imensa e simultaneamente curta

Composta de atos, concretos

Os sentidos se fazem num campo outro

Nosso apenas, meu

Não, the dream is not over

The dream is free

Carta para John Lennon

Querido John,

Sinto uma aceleração e riso movida por um excesso de vinho, mas a verdade, ou sonho de lhe dizer — pois é impossível, ou talvez não (talvez esteja errada) —, é que tenho escutado uma canção sua: God

God is a concept
By which we measure
Our pain

O conceito sobre o que é Deus atormenta e, no mais, digo-lhe de início; discordo de que Deus é um conceito pelo qual medimos a nossa dor

Acredito mais que Deus seja um conceito pelo qual medimos nossa liberdade de escolha ao negá-la por completo

E se Deus não é escolha, não há liberdade

Dor sempre há, dor é existir primeiro

O primeiro sentir é dor

Depois dela, tudo brota

Luto

Deito-me na terra batida e percebo as copas que se perdem entre as escamas de nuvens desmanteladas pelos topos dos morros. Os raios solares perdoam a noite recém-partida e sutilmente percorrem as folhas, escorrem entre as veias dos troncos e alcançam meus dedos. Avermelhados. Tateio o sol que se esconde e aparece conforme meus punhos e cotovelos cavoucam o rubi da terra. Suo A água salgada mergulha do meu corpo para o rio submerso que sustenta a terra. O respirar profundo das placas tectônicas reverbera invisivelmente na ponta de um galho da copa que balbucia a palavra de Atlas. As nuvens se emocionam e quebram. As pálpebras sentem o peso d'água que desliza entre os fios do meu cabelo até que lama, até que Adão. Encolho-me e casulo. O ventre de uma raiz me engole. Um rugido.

f u r o d a p a l a v r a

A imensidão no

E se aquela estrela naufragasse no breu de um buraco negro e se aquela estrela já naufragou no breu do buraco negro aquele ao lado daquela outra estrela longe do outro buraco perto dessa estrela que reluz ao fundo — mas outra vez, não — e se aquele ponto não for uma estrela e se eu não estiver vendo nada e uma estrela é uma estrela não a estrela a que me refiro como estrela e se estrela for uma metáfora para algo muito menor e insignificante para todo esse céu e se hoje bem hoje o céu estivesse mudo e escuro não se visse nada mas a estrela estivesse lá e por acaso no céu daquela estrela também estivesse escuro e não houvesse nada e se a estrela sentisse a dor de ser incomunicável e arder aos outros que se aproximam e a buscam e se longe de tantas estrelas muitas pessoas se sentissem estrelas e se neste caso estrelas fosse aquela metáfora óbvia de Hollywood e se nesse caso também não fosse e se se sentir uma estrela fosse outra coisa e se também não fosse um sentimento e fosse uma ação como o primeiro verbo e se verbo e luz fossem a mesma coisa e ao Deus criar o verbo criou a luz e na escuridão não existe verbo e se o movimento dessa estrela não fosse verbo e a própria estrela fosse verbo e se para a estrela não existe luz porque a luz que ela emana faz com que ela apenas enxergue a escuridão e se oposto se por ser luz a estrela enxergue tudo e viaje pelo cosmo sabendo de tudo e todos mas não tivesse propósito e por isso mesmo não dissesse nada ou se tivesse e por isso mesmo ficasse calada e se a estrela fosse uma palavra apenas e se essa estrela essa mesma fosse Deus?

Ciúmes

Subitamente no meu desejo mais pueril
bati palmas, mão com mão, estalo
depois me vi por dentro e reflexo
do meu rosto inexpressivo; pularam palavras
pela inutilidade daquelas palmas que existiram e bastaram
Odeio-as, odeio-as, odeio-as
As palmas existiram mais solenemente do que eu
Esta eu que ainda existe e sofre pelo gesto
ridículo que fez sem que ninguém visse
Eu que preciso lidar com o fato de não esquecer
e esquecer tanto mais, mas não o ato sem controle
súbito não avermelhou nem minhas mãos
nem abarulhou nem nada
E, sem mesmo que eu quisesse nomear
já veio ao mundo como existente de ato e nome: palmas
E ainda que eu não existisse, se nunca tivesse feito o gesto
alguém faria e continuariam a existir e ser palmas
com o mesmo valor de existência, mesmo tudo
E eu, se um espermatozoide apenas se perdesse no caminho
Se naquele dia eu não estivesse ou se estivesse
Ou se de manhã eu não tivesse tomado café, seria outra
Quão pequena, quanta necessidade deste acúmulo de acontecimentos
de vida, de dias para ser eu, quanto tudo, quanto muito
E as palmas, tão mais súbitas, potentes e tão poucas sendo tanto

Praia

O cheiro de suor e protetor solar
Mar, um barulhão
Humanos e suas pelancas que sobrepõem os maiôs
Bundas, passos arrastados pela orla
Alguns casais se beijam
As ondas se curvam, tornam-se água apenas
Depois mar, barulho, ondas
A areia nunca a mesma e sempre
Pegadas, desenhos e pequenos montes
Humanos passageiros assistem
À eternidade das ondas

Embaixo da única árvore que as flores de cipó de são joão perduram em setembro, dois teiús disputam uma jararaca, o veneno inerte dos dentes na boca flácida, não é cobra, é corpo, é morta. Mediante uma sedução paralela dos casais que se assassinam, os teiús dançam tango. A rosa; cobra morta que se arrasta agora na boca desses que vivem. Os gravetos estalam. Os teiús se rodeiam, tocam-se sutilmente. O peso do corpo, a leveza dos seres vivos. Acima, um carcará espreita, grande e afiado, inclina, suas asas tencionam e paralisam para o tempo certo. Perto, um machado a caminho para que a árvore não exista. A bota do homem que carrega parte os gravetos. O peso do homem espanta o carcará, os teiús escondem-se em buracos, o corpo de jararaca resta. As farpas, os talos, o tronco, chão. Os passos se afastam. Um teiú retorna e engole a carcaça aos poucos, trecho por trecho. O cipó e suas flores persistem. As flores perdurarão até o fim do ano até que o tronco morto seja também engolido aos poucos, trecho por trecho.

Escrito em 14 de setembro de 2022

(Bande à part)

Espelheira enquanto anoitece

Raios solares içam suas velas quentes
velejam pelos bambuzais
confiantes das formas que traçam
afirmam que onde se vê, tudo existe
percorrem e assistem
aos bambus que se embrenham
lambuzam-se de suas aparências
Os raios intensificam seu poder
— ditadores — retiram o verde e cremam
Mas, ao topo, a folhagem tempesteia
sombras, ondas vorazes
O canto sutil dos bambus ecoa
Presa ao leme, a luz geme em degradês
O vento terral abocanha
E os raios chocam-se, enfraquecem e naufragam
Os bambus resistem à noite, nela nada se vê

Ok, irei dizer a verdade, todo sentimento começou com um periquito-rei caído
Suas pernas não se mexiam e eu cuidei dias a fio
em silêncio para que não aprendesse palavras e não deixasse de ser periquito

Quando podia voar, pedi sem dizer que não voasse, voou

as penas livres cruzaram o terreno, as pequenas asas fortes ao sol

Sentei-me ao chão
Nicotina e um vislumbre
Entre vida e morte, a tragada
Está tudo certo, está tudo certo

ASAS

O grande pássaro com suas grandes asas pretas abertas a secar no sol

empoleirado no meio do caminho em uma placa que indica qualquer coisa

Vejo e continuo me sentindo péssima mesmo com a miragem das grandes asas pretas abertas

Hoje, nada tem feito muito sentido senão dor e solidão

Cada vez estou mais sozinha e mais ninguém ecoando um verso que eu

Solidão e um grande copo de café
Solidão e um grande copo de café

É verdade: me sinto à porta, nunca dentro de qualquer lugar que não seja em mim

Isto me envergonha, por que não sinto ao ver a grandiosidade das penas ao sol

Das duas grandes asas esticadas
Do lugar daquele que ocupa

De cima,
observo

As abelhas na piscina; Ícaros reversos
Batem as asas — não afundam não voam
Pequenos arcos coloridos
O céu reflete na água, balança idas e vindas
Enquanto cinzas de cana escurecem o azul
O dia amanhece em cacos que logo se unificam
As abelhas inertes; anjos quietos

Fechadura

Cavuco e absorvo um furo
Nesta parede nesta casa
Entortam as janelas e o vento uiva
Quieta profundo os gritos
Unhas quebradiças amolecem o corpo
Mergulho e coloco-me do avesso

— Um prato despenca da prateleira mais alta
O som voa da cozinha ao quarto
Abafa-se no sofá —

Ouço passos e quem anda sou eu
As unhas do pé arranham o assoalho
De um lado para o outro e outro
Mas não, observo quieta dentro
Grasnam os dentes e mete medo esta
De fora em círculos
Se eu sair, me rasga

— No azulejo frio, os cacos, um mundo —

Desejos

Jamais vi um abismo e hoje, quando me senti à beira,
realizei que apenas conheço
a escuridão quando fecho os olhos à noite
e, talvez por nunca ter visto o abismo,
agora desejo como nunca
achar um buraco em que se cai ecoando
abaixo infinitamente
ter-se a certeza absoluta de que se irá cair
apenas cair
e cair e cair e cair
até
lá onde não há nada
onde haverá apenas a si
inalcançável pela luz
pelo som
pelo verde
quente o centro da Terra
envolta
espremida pelo meio do fim

32 anos

Estou furiosa e o cheiro de carniça
O passado; esta bola de carne velha em cima da mesa
Cravo os dedos para encontrar algo
O mal cheiro encontra meu sangue, minha carne
E como se não bastasse, minha fúria
Este passado que intoxica
Abro as portas, as janelas, os buracos
A carne continua em cima da mesa
Sento-me, inspiro respiro inspiro respiro inspiro respiro inspiro
respiro inspiro respiro
O cheiro já está em mim; cheiro a carniça

Passeio (I)

Entre a calçada e a parede, jaz
Um excremento desproporcional aos bichos
Que não se consideram bichos por não haver palavras
Mas dos bichos que também não se consideram bichos
Por cruzar mares, fazer arte e transbordar o concreto em cima de terra
E Terra mais Terra cidades
Jazem em excremento merda fezes
Renascem do encontro com o mais humano cocô

Passeio (II ou confissão detestável)

Eu sinto que me torno mais humana num sentido empático
o que é absurdo dizer, porque hoje mesmo deixei meus olhos fugirem,
verem uma catedral e pensarem
nos hinos de uma missa que nunca escutei ou sequer vi
para simplesmente não verem o corpo que dormia abaixo junto a outros
outros corpos homens mulheres crianças e restos de itens
que já foram coisas vendidas doadas descartadas corpos
em montes abaixo da catedral massiva que ecoava as horas pelos céus
as pernas passantes rápidas em fluxo, segui.

Passeio pela LUZ

Autorretrato a duas

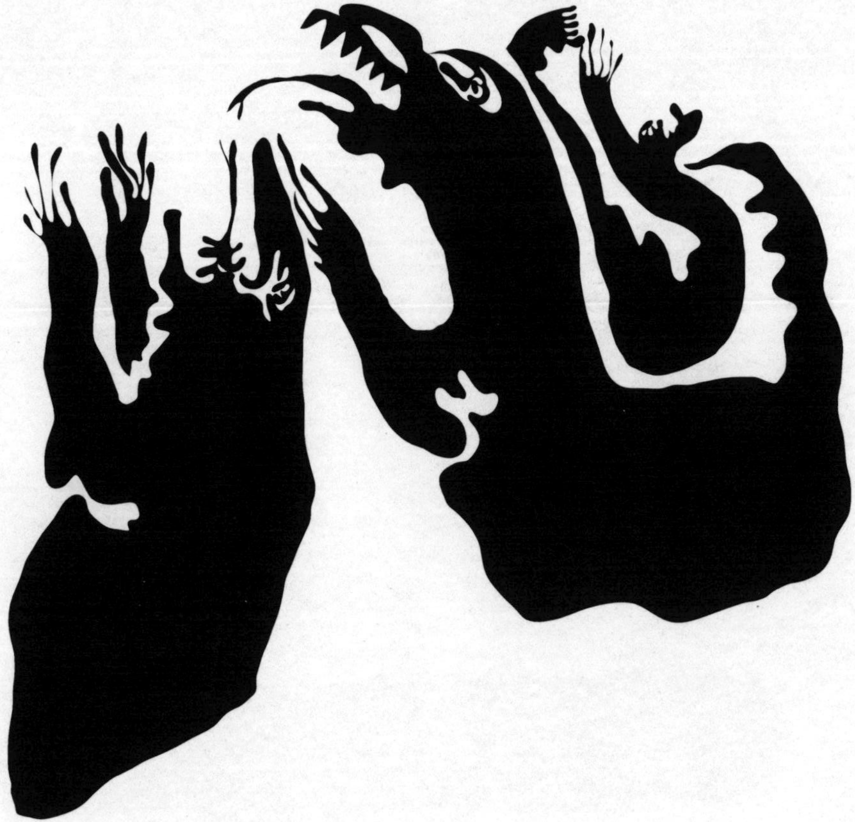

Às vezes, temos de nos descobrir sós
— Que frase trouxa, Tânia, que frase —
não que seja realmente um descobrimento
quando já se esteve não só?
Ou quando já lhe viram?
— Realmente —
Realmente não sabe
"Existo para alguém. Amém"
seria uma dádiva se fosse assim
mas é substituível. Por mais esquisita que seja
nada que lhe faz única importa ou muda o mundo
No mais, é pária e, sim, está sozinha
— Não se esqueça; há tantos tempos outros que pensa diferente —
Sim, talvez não seja sobre descobrir-se só
mas cultivar-se como uma raiz
desenhar o dentro do chão que lhe envolve
esticar-se pelas beiras do mundo
contornar as pedras — o peso delas não é seu —
esquecer o que dizem as folhas e os galhos — é raiz —
Eles que gostam da chuva e do vento, você gosta deste dentro
— Assume a escuridão, Tânia
Só que não se esqueça:
Ao encontrar água, mergulhe —
Recrie-se mais uma vez
mude o endereço do seu rosto

Visita

Num aquário, tocar a pele de um tubarão
de uma arraia e de uma baleia
Fictícias, penso
Mas o tocar que não se tocaria
Ásperas e roçar os dedos entre dedos
Os dedos macios, a pele estranha de um tubarão
de uma arraia e de uma baleia
Amar

Na estrada, estar ao lado de um poema
sem conseguir virar o rosto
intacta e intacto
sempre em frente num campo
permeado por ausência e relva alta
E ontem mesmo, ao ver os ipês-rosa floridos
Reparei que, neste ano, não percebi
Quando as quaresmeiras floriram

Escapam os grãos de areia um a um
fechados em mim conhecem os vãos
mesmo que não enxerguem nada
Grãos não têm olhos, pernas, mas movem-se
pelo rio até o mar
em um tempo diferente e por seu peso apenas
boiam, flutuam ou são levados até caírem em quinas
As quinas sustentam paredes que se encontram
caladas, duras, rígidas, permanecem
e assim, fecho a porta daquele quarto de hotel
Nunca irei retornar àquela cama, paredes
Meu corpo num limbo de movimento
escapa ao espelho quando largo o rosto na pia
A maquiagem escorre e escorre como grãos
Assusto com as linhas fundas, erosões do meu rosto
Meus lábios formam quinas quando abro um pouco a boca
Toco as linhas que caem das minhas bochechas
Ao pescoço mais velho que as expressões
As palmas fechadas aprofundam as mãos
Pela estrada a luz escapa e fecho os olhos
Ontem me trouxeram três palavras em um prato
Eu disse nada e nada comi
Amanhã é certo que amanhece e não por mim
mas pelas voltas que a Terra dá em si

Gênesis

Um pedaço de cobra é expulso do bico de um gavião
Após o céu, encontra-se ao meu lado
Falta-lhe a cabeça e sobra-me o pecado original
O barro cobre meus dedos e a cobra
Femininas
Inertes por morte ou excesso de atos
Juntas assistimos ao gavião no topo de uma árvore

Iluminações

Logo a paina se despende
grisalha o solo fértil
um dia de manhã como outro espelho
os passos entre sombra e sol
deito-me na terra batida
para que me transporte para casa
mas há palavras, vozes em mim
cedo e largo-me lá
Sem que eu desapareça, nasce uma árvore
cresce do meu umbigo até além
relva preenche minha boca
frutas pendem vermelhas e saborosas
da terra já se cultiva
Mas o resto estéril
tudo surge em pinceladas
bonito sim, mas como fotografia
Estou ali quieta
enrosco meu corpo ao tronco
observo
Chega outra, mas sem umbigo
não nasceu, surgiu como tudo ali
sem sorrisos ou choro
sim
tudo é certo porque só há melodia
Não gosto de amenidades e
digo a primeira palavra que se diz: mãe
e por não compreender, ela arranca
a fruta de mim.

E o padre disse: amor é amor
numa vontade de através da simplicidade chegar
à profundeza de uma definição
Discordo e me irrito
Amor não é amor, amor é palavra
Palavra não é amor, palavra é busca
Amor não se busca
Uma farinha-seca no caminho pende
e isto é mais amor que amor
porque é suspensão no espaço e tempo
o balanço pelo vento enraizada

Antes do céu e o inferno, o mundo. Entre o mundo, Deus e o Diabo. Dos dois, o que existe. Através da existência, o céu e o inferno — mas noutro lugar, adiante. O limbo é silêncio. O silêncio pertence à humanidade. A humanidade criou as palavras. E das palavras, o mundo.

Conteúdo

ÃO

Tânia Ralston

Ilustrações Tânia Ralston
Leituras gráficas Marcelo Girard

1.ª edição 2025 São Paulo

LARANJA ● ORIGINAL

A

IMENSID

NO

FURO

DA

PALAVRA

A imensidão no furo da palavra

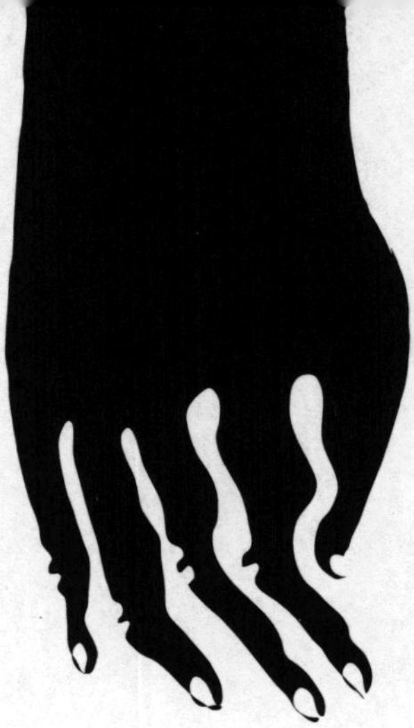